FFRED
yn dweud *Cwac*!

Cyhoeddwyd gyntaf yn Saesneg 1998
gan Piccadilly Press, Llundain,
o dan y teitl *Fergus Goes Quackers*.
Cyhoeddwyd yn Gymraeg 1999 gan Wasg y Dref Wen,
28 Ffordd yr Eglwys, Yr Eglwys Newydd, Caerdydd CF4 2EA
Ffôn 01222 617860.

Argraffwyd yng Ngwlad Belg.

FFRED
yn dweud *Cwac!*

Tony Maddox

DREF WEN

Roedd Ffred ar ei ffordd yn ôl i'r fferm.
Roedd hi'n nosi, ac roedd e'n edrych ymlaen
at gysgu yn ei gwtsh newydd.

Ond wrth iddo fynd ar hyd y lôn,
clywodd Ffred ryw sŵn shwfflo rhyfedd
y tu ôl iddo.
Brysiodd yn ei flaen yn ofnus.
Ond roedd y sŵn shwfflo yn dod yn nes.
Safodd Ffred, ac edrych dros ei ysgwydd ...
Roedd pum hwyaden fach yn ei ddilyn!

"Wff! Wff!" meddai Ffred, gan eu rhybuddio nhw i fynd yn ôl. Ond chymeron nhw ddim sylw. Yn nes ymlaen, triodd Ffred eto. "Wff! Wff!"

Anobeithiol! … Dal i'w ddilyn e wnaeth
yr hwyaid bach. Ar hyd y lôn, trwy glwyd
y fferm, ac i mewn i'r buarth.

Roedd Ffred wedi blino'n lân
ac eisiau mynd i'r gwely.

Aeth i mewn i'w
gwtsh newydd a gorwedd
ar ei flanced gynnes glyd.
Un ar ôl y llall, daeth yr hwyaid bach
i mewn a gorwedd gyda fe.
"Wff!" meddai Ffred, a'i lygaid yn cau.
Toc roedden nhw i gyd yn cysgu'n braf.

Yn y bore, cafodd Ffred ei ddihuno
gan sŵn cyfarwydd.
"Wff! Wff!"
"Dyna od," meddyliodd. "Mae hwnna'n
swnio fel fi … ond nid fi yw e!
Rhywun arall sy'n gwneud fy sŵn i!"
Sbiodd allan, a gwelodd yr hwyaid bach
yn stompian o gwmpas y buarth,
a phob un yn gweiddi "Wff! Wff! Wff!"

"Maen nhw'n gwneud y sŵn anghywir!"
meddyliodd Ffred. Rhedodd ar ôl
yr hwyaid bach gan alw, "Cwac, Cwac!
Dylech chi ddweud Cwac, Cwac!"

Roedd y moch wedi drysu'n lân.
Dyna Ffred yn dweud "Cwac!"
a'r hwyaid yn dweud "Wff!"
"Rhaid mai gêm newydd yw hi,"
meddyliodd y moch. "Dewch i
ninnau chwarae hefyd."
Felly, "Mw! Mw! Mw!" meddai'r moch.

Pan welodd yr ieir beth oedd yn digwydd,
roedden *nhw* eisiau chwarae.
"Soch! Soch! Soch!" meddai'r ieir.

Penderfynodd y fuwch gymryd rhan.
"Clwc! Clwc! Clwc! Clwc!"

Roedd pawb yn gwneud y sŵn anghywir!

Doedd Ffred ddim yn gwybod beth i'w wneud.

Ond dyma "Honc! Honc!" uchel
yn gwneud i bawb ddistewi.
Gyrrodd Ffarmwr Bob i mewn i'r buarth,
a Mam Hwyaden gyda fe.
"Cwac! Cwac! Cwac!" meddai Mam Hwyaden
pan welodd hi'r hwyaid bach.
"Cwac! Cwac! Cwac!" meddai'r hwyaid
bach, a rhedeg ati'n hapus.

"Da iawn ti, Ffred!" meddai Ffarmwr Bob.
"Dest ti o hyd i'r hwyaid bach colledig."
Dyma Fam Hwyaden yn cychwyn i ffwrdd
am y llyn hwyaid, a'r pum hwyaden
fach wrth ei chwt.
"Wff!" galwodd Ffred ar eu hôl.

"Wff! Wff!" atebodd yr hwyaid bach.

Storïau lliwgar difyr o'r
DREF WEN
mewn cloriau meddal

Gwasg y Dref Wen, 28 Ffordd Yr Eglwys, Yr Eglwys Newydd, Caerdydd CF4 2EA Ffôn 01222 617860